Schatten

Bilder von Kota Taniuchi

Text von Sarah Kirsch

Friedrich Wittig Verlag Hamburg

Ich sah einen Vogel

seinen Schatten anschaun, der war

größer als er.

Ich sah den Vogel am Himmel

ohne seinen Schatten.

Und meinen Schatten sah ich,

ein Ungeheuer von Schatten.

Einen Ball sah ich springen

samt seinem Schatten.

Wirf den Ball her! riefen die Jungen, und ihre Schatten streckten die Arme aus.

Ich sah sie im großen Schatten.

Fort waren ihre Schatten und der des Balls.

Fortwährend wuchs mein Schatten.

Wenn ich mich nicht beeile, dachte ich, ist er

eher zu Hause als ich.

Und ich fand den Vogel.

Ach Taube, wo bist denn du, wenn es

dunkel ist?

Sarah Kirsch

Ich sah einen Vogel
seinen Schatten anschaun, der war
größer als er.

Ich sah den Vogel am Himmel
ohne seinen Schatten.

Und meinen Schatten sah ich,
ein Ungeheuer von Schatten.

Einen Ball sah ich springen
samt seinem Schatten.

Wirf den Ball her! riefen die Jungen, und ihre Schatten
streckten die Arme aus.

Ich sah sie im großen Schatten.
Fort waren ihre Schatten und der des Balls.

Fortwährend wuchs mein Schatten.
Wenn ich mich nicht beeile, dachte ich, ist er
eher zu Hause als ich.

Und ich fand den Vogel.
Ach Taube, wo bist denn du, wenn es
dunkel ist?

ISBN 3 8048 4185 6
Bilder von Kota Taniuchi. Deutscher Text von Sarah Kirsch.
© Originalausgabe bei Shiko-Sha Co., Ltd., Tokyo, Japan. 1979.
© 1979 der deutschen Ausgabe Friedrich Wittig Verlag Hamburg.
Alle Rechte vorbehalten.
Printed in Japan.